EL IDILIO DE PEDRÍN

Joaquín Dicenta

Era un soñador aquel montañés. La luz, casi siempre gris en la Montaña, las nieblas que desde el otoño a los comienzos del estío la envuelven, habían penetrado el espíritu de Pedrín, haciéndolo vivir en plena fantasía, en completo desdibujo de la realidad.

No solamente lo que llamamos alma era romántica en Pedrín; lo eran también las líneas carnales, el dibujo total del cuerpo.

Su cabello rubio ondeaba, palideciendo hacia las puntas, como los remates de un sol poniente; su frente se moldeaba en forma de torreón gótico; en sus ojos azules resplandecía el éxtasis, acentuado por la sombra que hacían las pestañas. La nariz era recta; la boca de finísimos labios; apuntada la barba; marfileño el tono de la piel. Tenía las manos señoriles, el talle juncal; el andar lánguido, apoyándose poco en tierra, como si tratara de ser vuelo.

¿Cómo pudieron fabricar esta criatura dos marineros aldeanos?

Recio el padre como un trinquete, basto como una encina, coloradote, por obra de la mucha sangre circulante en sus venas y del mucho vino embaulado en su estómago, no resultaba muy capaz para tan delicado engendro.

Cierto que la madre fue hermosa. Aún a los cuarenta años, con todo el mal traer de su jornalero vivir, conservaba restos de aquella su hermosura. Por hermosa reinó en bailes, juntas y montañesas romerías. De muy largo llegaban a requebrarla los galanes; más de una cabeza quedó rota en su obsequio; no pocas veces oyeron suspirar por ella olas y praderías. Pero así y todo, no ajustaba la belleza fuerte y opulenta de la madre a las hechuras del hijo que parió.

Los pescadores viejos recuerdan que allá, un año antes del nacimiento de Pedrín, vino a la aldea cierto señorito rubio y flaco, que pintaba sobre cachos de lienzo las montañas y el mar. Pasábase las horas muertas encima de las rocas, sin hablar con nadie, puesto

oído a los rumores del Cantábrico y ojos a las variaciones del cielo. Buen sujeto por lo demás, pronto a copear con cualquier marinero, siempre que no charloteara mucho, y a bromear con las mozucas, siempre que ellas fuesen bonitas.

Puede que el arribo del pintor, el donaire de la montañesa y el cómputo de meses y semanas y días, expliquen el porqué material y moral de Pedrín.

Valga añadir que Pedrín nació a los siete meses de casados sus padres, y que el pintor, antes de abandonar la aldea, regaló al padre de Pedrín una barca.

Ni esto es murmurar, ni traer honras en lengua. Es, sencillamente, buscar motivo a las líneas físicas, y espirituales de un varón.

Destacó Pedrín, desde pequeño, entre los niños del lugar, como destacaría una rosa té entre un manojo de rosas encarnadas. Y una rosa té parecía el infante. Como flor lo crió su madre.

Ella, que a sus demás retoños los trataba igual que a los suyos las otras pescadoras, tenía para el primogénito delicadezas exquisitas, inverosímiles ternuras. Trataba a Pedrín con dulce respeto, casi con unción religiosa; tal que si fuera criatura celeste regalada a ella, en noche de amores, por un dios.

¡Y quién sabe, quién sabe si no sería en la memoria de la montañesa algo como un dios el pintor de los cabellos rubios!... ¡Quién sabe si el paso por la Montaña del pintor, su requerimiento a la moza, su conjunción con ella, no significaron para ella aventura jupiteriana, de cuya realidad era prenda viva el chiquillo, ojos color de cielo y pelambre color de sol!...

Lo cierto es que ella veneraba a su cría como al propio Niño-Dios los marineros en la iglesia románica. No cambiara el humano por el celeste, aunque el celeste se volviera de carne, y de oro la bola que pelotea entre sus dedos.

De hilo finísimo eran las mantillas del mamón; de bayeta suave los pañales. El gorro con más cintas y ringorrangos fue escogido en

la tienda para él; para él la más buena capa de cristianar. ¿Qué más noble empleo a unas onzas guardadas por Teresa en cierto bolsillo, cuyas iniciales no eran, precisamente, las del padre oficial de Pedrín?

De limpieza no hablemos. Por nada mudaba y remudaba a su criatura, lavándole, el blanco cuerpecillo, con jabones de olor, empolvándoselo de alto a bajo con polvos finos, «de los que usan para blanquearse las señoras».

Cuando le ponía a su pecho, cuando Pedrín lengüeteaba en los carmines del pezón, era la mujer toda sonrisa; toda beatitud cuando el niño sorbía el jugo maternal; toda silencio cuando se dormía haciendo, de la teta almohadón. Al depositar al niño en la cuna quedaba en pie junto a él; perdido en el aire el mirar entreabierta la boca para dar escape a un suspiro.

¿Dónde iba el suspiro? A trasponer el cerro que oculta la estación, a viajar sobre los carriles por donde él huyó, por donde huyó el tren que le llevaba.

Que nadie molestara a Pedrín; ni la luz en sus sueños, ni el aire del mar en sus despertares, ni el menor disgusto en sus velas.

De pegarle no hablemos. La madre nunca lo hizo. El padre...

Una vez, ya tenía Pedrín cuatro años, el padre, en justo castigo a una diablura, se fue para el chico con las manos alzadas.

-¿Qué vas a hacer? -dijo ella.

-Pegarle - respondió el marinero.

-¿Pegarle?...¿A éste?

-Como a los otros, cuando hacen cosa mala.

-A los otros... bueno. A los otros pégales, si quieres. ¡A Pedrín! ¡Pegar a Pedrín tú!... Vaya, Moncho, de por fuerza que bebiste hoy. A éste no le puedes pegar.

-¿Por qué?

-Mejor cuenta trae pa los dos que no diga el porqué. Echa las manazas abajo, deja en paz al chico y comamos, que va a enfriarse la puchera.

Moncho no pegó a Pedrín; no intentó más pegarle.

Desechen mis lectores la idea de que Teresa era mujer excepcional, tipo de novela romántica. No hay tal con cien leguas.

Fuera parte lo relacionado con Pedrín, igual era a las restantes pescadoras. Como ellas vivía, como ellas revendía peces en los pueblos del interior, como ellas juraba, y bebía también como ellas. Con ellas hacía corro en la plazuela los domingos, con ellas murmuraba y con ellas limpiaba el fondo de las cestas y la barriga de los peces en los escalones del puerto.

Sufría resignada las palizas de Moncho cuando el marinero estaba borracho, y aceptaba sin repugnancia sus caricias cuando estaba acariciador.

Sólo al tratarse de Pedrín se transformaba, le transfiguraba, convirtiéndose en criatura de elección.

¿De qué suerte explicar este cambio?

A realizarse la leyenda jupiteriaria, a ser cierto que un dios había pasado por Teresa para deleitarse con el disfrute de su virginidad, la explicación no sería difícil.

Un beso del dios había quedado prisionero en aquel alma ruda. Cuando aquel alma se ponía en contacto con la prenda viva que el dios la dejara como recuerdo de su paso, el beso celeste, la divina partícula se dilataba, se extendía se apoderaba de toda la mujer hasta convertirla en un cacho de la divinidad. Ya no era ella. Era el mismo dios, encarnado en ella para acariciar y proteger la existencia ele su hijo.

Y aun no siendo verdad, aun no habiéndose realizado en la pescadora la aventura jupiteriana, bastaba al milagro que fuera cierta la historia del pintor.

Acaso un beso de él quedó agarrado al alma de ella. Este beso se apoderaba de toda ella para divinizarla cuando ponía ojos y boca en el hijo, del que partió, del que ne volvería nunca...

II

Vivían los padres de Pedrín en una casuca apartada de la aldea como trescientos metros.

Solitaria se alzaba entre unos peñascos donde rompía el mar. En los peñascos hacían nido las gaviotas; en la casuca revoloteaban Pedrín y los hermanos de Pedrín. En la misma ola donde humedecían las gaviotas sus alas bañaban los chiquillos sus pies. Los hermanos de Pedrín tiraban piedras a las aves cuando volaban cerca de ellos. Pedrín las dejaba volar en paz siguiendo con los ojos su viaje.

Muchas veces se alejaba hasta de sus propios hermanos para dar vuelta a los peñotes y avanzar por el acantilado y tomar asiento encima de una roca tapizada con musgos. Sobresalía esta roca del mar durante las bajas mareas, y se hundía en él, poco a poco, hasta desaparecer entre rizos de espuma, cuando la marea alcanzaba su plenitud.

Era el sitio muy peligroso para infantes distraídos. De ahí que Teresa anduviera siempre vigilante, para, evitar las excursiones de Pedrín.

De poco la valía. Al menor descuido, Pedrín se escurría silenciosamente por el tapiz de musgo y tomaba asiento en la punta misma de la roca. Contra ella se partían las olas como contra el filo de un hacha silexiana. Rotas seguían al largo de la piedra para morir en una playuela de guijarros.

Sobre la roca pasaba largos ratos Pedrín, inmóvil como piedra, siguiendo en el mar, con los ojos, el juego de las aguas; en el espacio el de las nubes. Los vientos marinos volvían sus cabellos airón.

Cuando su madre le veía en aquella postura no llegaba a él gritando, arrancándole a tironazos del sitio peligroso. Quieta y a distancia quedaba. Su cabeza caía melancólica contra el pecho, sus ojos se alzaban soñadores, humedecidos por el esbozo de dos lágrimas. Igual que su Pedrín quería a la roca el pintor. También pasaba el pintor horas y horas encima de la roca, inmóvil, abstraído en el juego de olas y nubes. También los vientos de la mar convertían en airón su melena.

Al cabo salía de su éxtasis Teresa y avanzaba por el verde tapiz. Iba de puntillas, tocando apenas el musgo con los pies. Sin que su hijo la viera, llegaba junto a él, le rodeaba con sus brazos, y arrancándole del asiento, sosteniéndole en vilo, ponía rumbo a la casuca.

-La roca es muy mala, Pedrín -exclamaba la madre-. Debajo de ella hay una cueva. En esa cueva vive una mujeruca más mala que la roca. Tiene los ojos verdes, mismamente como la mar. Cuando los niños están solos ella los ve y sale de su cueva y coge a los niños y se los lleva bajo el agua, y los niños no tornan a salir.

Era la leyenda marinera puesta al alcance de la infancia. Al ser Pedrín mozo la supo entera como ha ido pasando de siglo a siglo, de generación en generación entre los aldeanos.

Debajo de la roca existe un palacio todo nácares, corales y perlas. Nadie ha podido entrar en él. Lo guardan dos gigantescos pulpos y cuatro horribles arañotas de mar. Los pulpos chupan la sangre al que intenta profanar la mansión, las arañotas muerden su carne y trituran sus huesos. No queda rastro de él.

Dentro del palacio habita una mujer. Es la hija mala del Océano. Porque el Océano tiene dos hijas, una que sintetiza todas las bondades del mar; otra que resume todas sus perfidias. Su grandeza la reparten las dos.

En el palacio vive la hija mala del mar. Su cutis es blanco, su pupila esmeralda. De alga, reseca por aires y soles, es el matiz de sus cabellos. Sus labios son rojos como dos ramas de coral, sus dientes blancos, hechos con nácar de las marinas caracolas; bellos su garganta y sus hombros. El resto de la imagen no se ve, se entrevé. Esfumado, se halla por el sombraje de las aguas temblonas.

Esta mujer se aparece a los marineros cuando van solos en su barca o cuando están solos encima de la roca.

Se aparece a ellos llamándoles con dulce voz, con palabra reclamadora. En sus ojos relampaguea el ansia de gozar; en sus labios palpita el beso. Sus brazos se abren atrayentes, brindando el disfrute total del cuerpo.

El abrazo es mortal. Arrastrado va al fondo del Océano quien a los brazos tentadores se entrega. Ofrecido es por la hija del mar a los monstruos guardianes.

Bien lo saben los marineros. Por eso no llegan con sus barcas junto a la roca; por eso no tiran desde ella sus aparejos pescadores.

Más de una barca se rompió allí sin que el tripulante tornase a aparecer. Más de un pescador fue allí cogido bruscamente y arrastrado al fondo de las aguas.

No es el temporal quien estrella la barca; no es la marea quien traga al pescador. Es la hija del mar, es su abrazo. ¡Abrazo maldito! No ha de ser más que uno, y hay que pagarlo con la vida.

Ahí tenéis la leyenda de la roca alfombrada con musgos.

III

Pedrín fue a la escuela y aprendió pronto y bien cuanto podía enseñar el maestro.

Era éste, contra costumbre de españolas aldeas, un buen profesor. A más, y contra costumbre también, poseía tierras laborables y gozaba de casa propia y de parte en un lanchón de pesca.

Estos bienes le permitían no hacer hincapié en atrasos de sueldo; y este no hacer hincapié en los haberes le autorizaba a no sufrir las imposiciones del cura y a tenérselas tiesas con él, sin enojo oficial de los ediles y el alcalde. De algún modo habían ellos de corresponder con sujeto que sabía dar por cobrado lo nunca recibido.

No obstante sus aptitudes pedagógicas y sus nobles deseos, érale imposible al profesor sacar fruto de sus educandos.

En cuanto los chicos podían con un remo (y aun sin poder), poníanles sus padres a marinear, y concluyó la escuela. Es pobre el vivir pescador; todos los brazos hacen falta para echar avante la puchera.

Filósofo el maestro, toleraba sin protesta las prematuras deserciones.

-Antes mantenencia que ciencia -decía don Julián.

Como, al reclamo de la mantenencia era la fuga de discípulos, dejábalos huir. Su hacienda no bastaba a satisfacer a los padres el jornal de los chicos. No bastando creía necio, don Julián, hacer alegatos de instrucción en tribunales de hambre.

Pedrín, rescatado con la ternura maternal a la servidumbre del lanchón y del remo, fue para su maestro -hombre viudo y sin hijos-, no su discípulo, su criatura intelectual; acaso andando el tiempo, cuando muriese el maestro, sería Pedrín su prolongación en la escuela de marinerillos churretosos.

Vale decir que el discípulo pagaba con esplendidez los afanes del pedagogo. Era aplicado y bondadoso por extremo. De comprensión fácil y con voluntad firme de aprender ganó pronto el primer lugar, y más pronto la envidia de sus condiscípulos. En esto no diferencian aldeas y ciudades. En unas y otras, al que sobresale, se le odia. Es ley de los seres; y hasta de las cosas, me atrevería yo a decir. ¡Vaya usted a saber qué pensarán de las pirámides los guardacantones!

Gracias que Pedrín, con sus delicadas apariencias, era de buenos puños. El vivir libre por rocas y arenales fortaleció sus músculos; el vagar a solas noche y día por encinares y marinas covachas, le hizo inaccesible al temor.

De ahí que en las luchas de solo a solo, por razón de envidia provocadas, soliera llevar la mejor parte. Cuando le embestían en grupo dábanle ayuda sus hermanos. Y éstos eran brutos, pero fuertes lo eran también. Viva imagen del Moncho que los engendró.

De lectura, escritura y cuentas estuvo al cabo pronto. A más de geografía, historia, agricultura y su miaja de física y química, aprendió algo de bellas artes; todo ello en nociones. No alcanzaban a más los recursos educativos del maestro.

Lo que sí aprendió cabalmente fueron el francés, la ley de comercio y la teneduría por partida doble.

A estas últimas enseñanzas debió su ingreso en el almacén de don Urbano.

Verdadera arca de Noé, era aquel almacén. Había en él de todo, hasta libros y polvos de los dientes. Dos superfluidades, dos lujos, dos vanidades comerciales. No existía memoria en el almacén de haberse despachado un libro ni una caja de polvos.

Don Urbano, excelentísima persona, dio acomodo familiar y sueldo decoroso a Pedrín. Pronto llegó éste, por méritos de su honradez y de su entendimiento, a ser el jefe de la tienda y a cobrar treinta duros mensuales. Un Perú, para lo que supone vivir de hombre solo, en aldea de la Montaña.

Loca estaba Teresa con los progresos de Pedrín. Moncho le miraba asombrado.

-No paece hijo mío -exclamaba-. A mal pensar, diría que no lo es.

-A cualquier cosa llama éste mal pensar -murmuraban socarronamente los viejos.

A lo inteligente vale añadir en el mancebo sus prendas físicas y la natural elegancia con que llevaba la ropa, limpia y bien cortada, como hecha en la ciudad. Los sastres aldeanos sabían de más con saber de blusas y camisotes de franela. Los pantalones se recibían hechos en el almacén de don Urbano.

Claro que, a mozo de tal mérito, le hacía reclamo todo el femenino solterío. Reclamo inútil. Pedrín, como si no.

Aquel romántico de engendradura había acentuado con el transcurso de los años sus cualidades privativas.

El aislamiento en que, por carácter y por reparos de su madre, vivió; el espectáculo que le ofrecían a diario olas y nubes, mar y cielo, lo predispusieron a la quimera, al sonambulismo en vigilias.

Para él eran voces moduladas en gargantas de carne los rugidos del oleaje contra los peñascos, los desgarros del viento en las encinas, los suspiros de la brisa entre las hojas del maíz; seres vivos los monstruos que fingían las rocas, las imágenes que sobre el espacio recortaban las nubes; los fantasmas que entre los árboles dibujaba la noche.

Cuando tuvo veinte años y fue libre para usufructuar la biblioteca del maestro, topó en ella con buen golpe, de libros, favorables a su monomanía.

Gran aficionado el maestro de romanceros y poetas, ostentaba en su librería las biblias más puras del romanticismo literario. Habíalas en prosa, en verso, y en las dos cosas a la vez, para elección libre del neófito.

El neófito no escogió, leyó, devoró todos aquellos libros, y se hizo a vivir con la imaginación el mundo falso que los tales libros mostraban.

¡Mundo fantástico, poblado por héroes sobrenaturales, por heroínas antihumanas! ¡Mundo de ficciones, donde sólo era mentira la realidad! En ese mundo quería, necesitaba vivir siempre el mancebo.

Viviéndolo, vagaba por las cuadras del castillo ruinoso, interrogando a murallas y ojivas, trepando por las rotas escaleras de caracol a la torre del homenaje para recorrer desde ella, de una sola ojeada, tierras, cielos y mar.

Todos los minutos de su vida diera él, por ser un minuto siquiera dueño de aquella fortaleza en sus épocas de esplendor.

¡Con qué arrogancia clavaría en lo alto de la torre el rico pendón señorial! ¡Cómo bajaría de la torre acompañado de escuderos, pajes y hombres de armas al recibimiento de un rey que llegaba a pedirle ayuda para guerra de moros! ¡Qué dulcemente, allá, en la noche, terminado el yantar, se recostaría contra el sillón gótico, la castellana sobre el brazo, el neblí al hombro y el lebrel a los pies para oír los romances de algún viajero trovador!...

Marsilla fuera en los amores; en las batallas Cid, en los torneos Quiñones, el del Paso; en los trovares Santillana, en la privanza de monarcas un don Álvaro sin degolladura.

Vivir tales épocas, ser uno de aquellos caballeros, y, sobre todo, poner pasión en dama más o menos sujeta a malicia de encantadores o a hierro de tiranos, ¿qué mayor ventura para él?

Él nació para vivir tales tiempos y aventuras tamañas.

¿No era en lo físico idéntico a los personajes de leyenda? ¿Por qué no serlo en la realidad? ¿Por qué no contenta la suerte con equivocarle al nacer la cuna, equivocó también la fecha de su nacimiento?

No trato de pescadores y pescadoras quería él, ni aun lo apeteciera de más altas modernas personas. Damas y caballeros del XVII para atrás debían ser sus pares.

A buscarlos iba tras las murallas del castillo; evocándolas, recorría torreones y cámaras a la hora de la muerte del sol. Puestas en cruz las manos, pedía al astro moribundo que se las brindara en el marco de oro formado sobre la muralla por sus rayos postreros.

También perseguía aquellas imágenes en la iglesia románica. Allí estaban aún. Sólo que eran de piedra.

Él las revivía, ayudado por la semisombra que proyectaban los vidrios de colores. Hablaba a los caballeros y las damas de mármol. Muchas veces, tras de interrogarles, hacía una pausa y quedaba inmóvil, con el oído atento, aguardando la réplica.

Pero ningún sitio más de su preferencia que la roca alfombrada con musgos.

Desde que oyó la tradición y le fue descrito el palacio habitado por la hija del mar y los encantos de ella, su ansia consistía en que la hija del mar se le apareciese.

Que aquella mujer sólo era cuento, fábula de ancianos a la luz de la lumbre, canto de nodriza al borde de las cunas. Eso afirmaba la razón; pero la razón, ¿está siempre en lo cierto?

¿Por qué iba a ser la leyenda mentira?

¿Ha recorrido alguien el fondo de los mares para saber lo que en él existe? ¿No será ese fondo otro mundo dentro de nuestro mundo? ¿No habrá en este mundo seres como los que la leyenda describe? ¿No pintan mujeres así los poetas en sus poemas y romances?

¡Qué saben los hombres de lo que hay en las entrañas de la tierra, en los senos del mar, en la vaporosa matriz de las nubes!...

Y si no lo saben, ¿por qué niegan realidad a las criaturas legendarias? ¿No será la pintura que de ellas, hacen los poetas algo así como el fruto de una revelación divina? Quizás; al fin y a la postre, los poetas cosa divina son.

Acaso los simples de espíritu, los crédulos, los ignorantes, andan más en lo cierto afirmando esas tradiciones, que los sabios y los incrédulos negándolas.

-¡Quién sabe!... ¡Quién sabe! -repetía el mancebo-. Para mí, la hija del mar existe. Esa hembra -diosa de ojos verdes y labios coralinos- existe. Brinda su amor a los hombres, no para matarles, para premiarles con su amor, si son bravos, si vencen a los monstruos. Ella es su cautiva. Quien logre libertarla, logrará poseerla.

A la roca iba en las noches de luna por si era, bajo la égida poética del astro, cuando hacía la hija del mar sus apariciones; en las obscuras noches por si, devota del misterio, sólo en el misterio y en la sombra se quería entregar. Iba en los días de aguas serenas y de cielos tranquilos por si en el plácido espectáculo de la Naturaleza buscaba complicidad para sus perfidias.

Iba en los días de mar bravo y horizontes plomizos por si el disfrute de la hermosa sólo con peligro de muerte podía conquistarse.

-¿Por qué no he de verla? -se repetía siempre- ¿Por qué no viene a mí y me llama y me tiende sus brazos? Yo iría a ellos, aunque ir a ellos me costara dejar de ser...

Y esperaba, esperaba siempre que la hija del mar apareciera ante sus ojos. Inútil esperar. La hija del mar no se le quería aparecer.

Era gran nadador el mozo. Nadie lo ganaba en la aldea. Ni buceando, ni avanzando, ni resistiendo hallaba igual en los pescadores.

Cierta noche de luna estaba en pie sobre la roca. Sus ojos interrogaban a las aguas transparentes, brilladoras como un tisú de plata. Allá en el fondo creyó ver una figura blanca, figura de mujer, que le llamaba con los brazos y con el gesto.

No dudó; desprendiéndose de las ropas que más podían estorbarle, se precipitó contra el mar.

Bregando fieramente con los remolinos que el agua forma en el rocaje, llegó al sitio en que pone la tradición el palacio donde se paga el amor con la muerte.

Es lugar espantable; siempre terrible en él el estrépito de las olas. Entre la espuma se descubren peñas con forma, de bocas y de garras. Cuando se abren las aguas, muestran entre aquellas rocas profundidades asesinas.

Buceó el nadador y entró abismo abajo, abiertos los ojos, puesto el rumbo hacia una gigantesca hendedura.

A un lado y otro de ella vio cortinones de algas verdes, amarillas bermejas, bordados tapices naturales, que al movimiento de las aguas se corrían y descorrían. Por entre ellos pasó; por entre ellos pasaban también bestiezuelas horribles, que dejaban entrever uñas peludas, bocas en forma de tijeras, tentáculos que sudaban un sudor negro y pestilente.

La rotura hace galería abierta sobre el mar. Lejos, muy lejos, el buzo distinguió una luz vaga, fosforosa, brujesca. Algo como el eco de una canción llegó hasta su oído.

¿Era canción? ¿Era rumor de agua entre las grietas del rocaje?

No lo pudo saber. El instinto, más fuerte, que su voluntad, le hizo dar un talonazo contra los peñotes para tomar impulso y volver rápidamente a la superficie. Estaba a punto de asfixiarse.

Cuando respiró, cuando pudo mirar a lo alto de la roca vio en ella a su madre, que se mesaba los cabellos y gritaba con voz de angustia

-¡Pedrín!... ¡Hijo mío!... ¡Pedrín!

-Aquí estoy, madre -respondió.

-¿Qué has hecho? ¿Qué has hecho? -exclamó la mujer cuando le tuvo entre sus brazos-. ¿Por qué bañarte ahí?... ¿No sabes que ahí vive la hija mala del mar?...

-¡Ay, madre! -repuso él- ¡Ojalá no te engañes y viva!

IV

La casa de los Téllez, solar famoso de una estirpe que tenía sus raíces, en los propios duques de Cantabria, se alzaba próxima al castillo.

De la fábrica primitiva sólo restaba un lienzo de muralla, adornado con tres ventanas ojivales y con un portón del gótico más puro. Sobre él campeaba el blasón de los Téllez, rematado por corona ducal. En los cuarteles del escudo abría un gavilán sus alas, erguía sus cuatro almenas un castillo y se adelantaba una mano sosteniendo por el turbante la cabeza cercenada de un moro. El otro cuartel ostentaba un mandoble roto cerca del puño. Bajo el puño se leía este mote: Morí; no cejé.

Fue este cuartel dado a un Téllez por un Alfonso en memoria de noble hazaña, por cuya virtud salvaron el rey y los suyos de una emboscada de los moros. Fernán Téllez, al frente de cien hombres de armas, dio cara a la morisma, mientras huía el rey. Los cien hombres de armas y Téllez murieron sin cejar. De ahí el mote.

Otro Téllez, inquisidor, tan diestro en mandar herejes a la hoguera, como sus abuelos en acuchillar moros y cristianos, restauró el edificio, dejando a salvo la fachada gloriosa y decretando para lo demás el dominio del plateresco. Hombre de gusto y con bolsas heréticas a mano, transformó la vivienda en joya arquitectónica. Envidia fue ella de reyes y príncipes; maravilla es hoy ante la cual hacen reverencia los arqueólogos.

Los Téllez no cejaron ante la morisma, pero se rindieron a la usura y hubieron de ceder su palacio al pago de unas deudas. Nada se salvó; ni el rico y, antiguo mobiliario. Fuéronse los Téllez a vivir casa humilde, y el usurero se incautó de la solariega.

Con su familia la habitaba durante el invierno para alquilarla en los veranos, si había alquiladores que no reparasen en precio.

Aquel verano tuvo la finca alquilador. Un sujeto con trazas de administrador o de mayordomo llegó a la aldea, se avistó con el prestamista, firmó el contrato, pagó los anticipos y diciendo:

«Entrégueme las llaves, los nuevos inquilinos vendrán cuando así lo juzguen oportuno», se instaló en la fonda sin molestar a nadie y sin entablar relaciones con persona alguna.

Por la firma del contrato y por las cartas que llevaba a la fonda el cartero supieron los vecinos que el arrendatario del inmueble se llamaba don Bruno Hernández. También supieron por el fondista y los criados del fondista, que se rasuraba a diario, que era parco en el comer, temprano en el dormir y poco amigo de conversaciones. De ahí no pasaron las noticias.

Cierta noche oyeron los aldeanos ruido estruendoso de bocinas. En el empalme de la carretera con el camino vecinal aparecieron cuatro luces, distanciadas de dos en dos. Aquellas luces avanzaban con avance vertiginoso, precedidas por bocinazos y acompañadas por detonares sordos.

Eran dos automóviles. Llegaron a la aldea, atravesaron la calle larga y pararon frente a la casa de los Téllez. En su puerta aguardaba don Bruno, llaves y Frégoli en la mano.

Del primer automóvil bajó una dama de porte señoril. De su imagen nada se pudo ver. Envuelta iba de los pies a los hombros por un amplio ropón. Su rostro lo encubría un tupido velo de encaje.

Tras la dama apareció una figurita encorvada. Mujer vieja debía ser, sin que pudiera asegurarse, que también ropón y velo la embozaban.

En el segundo automóvil venían dos mozos y dos mozas; indudablemente eran criados que, con los mecánicos, componían la servidumbre.

Guiados por luces previamente encendidas, ganaron todos, menos don Bruno, la escalera. Cerró don Bruno el portalón; metieron los mecánicos en la cochera sus vehículos y fue entretenimiento único de curiosos el viaje de las sombras que la luz proyectaba sobre las cortinas de los balcones platerescos.

Pronto, ni esa distracción les restó. Los balcones cerraron sus hojas y no hubo más luz que la lunar, ni más sombras que las proyectadas por las cornisas en el blasón secular de los Téllez.

V

Que era muy hermosa la dama, que se llamaba Laura y que poseía gran caudal, llegaron a saber los vecinos.

Del caudal, atestiguaban el lujo de su tren, lo rico y vario de sus trajes, las joyas que prendía en sus orejas y en sus dedos y los billetes que don Bruno cambiaba en el almacén del simpático don Urbano.

Su nombre, ella lo dijo. Su hermosura, con mostrarse la pregonaba.

Alta sin exageraciones, esbelta sin flacura, de manos blancas y de pies señoriles, era Laura gracia y majestad a la vez. Ni un defecto en sus líneas, ni una afectación en sus ademanes, ni una mancha en su cutis de valencianas palideces. Sus ojos eran verdes, profundos, sombreados por negras y torcidas pestañas; su nariz, de griego dibujo; sus labios, como dos ramas de coral; sus dientes, blancos como la espuma de las olas. Su piel tenía los reflejos del nácar. Su voz era grave, a un tiempo despótica y dulce. Sus cabellos parecían hebras de caoba; sueltos, podían confundirse con las matas de algas resecas por el viento y el sol.

Fuera parte su nombre, su belleza y su lujo, nada más pudo saberse de ella.

Don Bruno era inaccesible a preguntones; igual la vieja señora, parienta pobre acaso, tal vez dama de compañía. Esta señora iba con una de las sirvientas a la compra diaria. A su cargo andaban los pedidos y las cuentas menudas. De las grandes se ocupaba don Bruno.

¿A quién dirigirse para hacer averiguaciones? ¿A los criados? También era inútil. ¿Por qué los criados de Laura constituían en el gremio inverosímil excepción?

No. Por otra causa más sencilla.

Los mecánicos eran alemanes y sólo hablaban alemán; de los servidores, uno era también alemán, inglesas los restantes.

Como en el pueblo nadie conocía estos idiomas -ni el maestro; que hablaba solamente francés-, resultaba imposible todo lingüístico comercio entre forasteros y aldeanos.

En fuerza de bondades y esplendideces se hizo perdonar Laura el misterio que rodeaba a su persona.

Ya es conseguir en una aldea.

Téngase en cuenta, a beneficio del milagro, que Laura no regateó una cuenta jamás; que, por el servicio más leve, daba un par de pesetas; que no había chiquillo a quien no feriara golosinas, ni grande a quien se negara a proteger.

Socorría a los pobres; era con los ricos cortés; con todos generosa. Los mismos beatos no hincaban diente en ella. Cumplía con la Iglesia y había regalado mil pesetas al cura para que comprase un manto a la virgen. Después del regalo, ¿qué beata iba a traer a la donante en lenguas? ¡Bueno se hubiese puesto el Padre! Él podía no comprar el manto; pero ¡permitir que murmurasen a la donadora! ¿Para cuándo las excomuniones?

Gustaba Laura de pasear junto al Océano. Escalaba las rocas, perseguía entre ellas los cangrejos; muchas veces se descalzaba y remangándose hasta media pierna, entraba agua adentro a la captura de crustáceos, a la busca de percebes y lapas.

Para sus paseos elegía los sitios solitarios.

En más de una ocasión pasó frente a la casuca de Pedrín y fue a sentarse, con un libro abierto entre las manos, sobre la roca tapizada con musgos, en el sitio donde la roca dibuja ancho sillón de piedra.

Era este sillón el de Pedrín. Laura no estorbaba entonces al mozo; el mozo fue a la ciudad antes de venir ella. A compras y negocios del almacén le envió don Urbano. Quince días llevaba por allá.

Otro capricho de la dama, que llamó la atención grandemente y fue motivo de chismes, asombros y murmuraciones, fue su manera de bañarse.

No le placía ir al balneario a meterse en una caseta y a salir corriendo por la playa para ser espectáculo lascivo de hombres y chismorreo de mujeres.

A ella le gustaba bañarse mar adentro, donde el pie no halla fondo, donde las olas son montañas que oscilan y pasan sin romper, blandamente. Flotar sobre ellas, acostarse en ellas entornando los ojos, dejándose mecer como en una hamaca. Así es como ella quería dar su cuerpo a los besos del mar, no manchando la entrega con salpicaduras fangosas.

Para conseguir su propósito había contratado una lancha y mandado construir en su popa una tiendecita de campaña.

Dentro de ella substituía el traje usual por el de baño. Airosa, gallarda, ceñido sobre la rodilla el corto pantalón, ajustada la blusa, mal sujetos sobre la nuca los cabellos, salía Laura de la tienda, subía al borde de la lancha, y, al agua, a jugar con la espuma, a recostarse en el cojín blando de las olas, a dejar que una ola y otra trajeran y llevaran su cuerpo, rendido, entregado lánguidamente al abrazo del mar.

A veces, sus manos se abrían en el aire, su alto pecho se erguía sobre la montaña verdosa, sus cabellos se esparcían entre la espuma, y un grito dulce que parecía un requerimiento de amor brotaba por los corales de su boca.

Llamaba a alguien entonces. Y si llamaba a alguien, ¿a quién era? El nombre no se oía. Era el grito indeterminado, confuso.

Igual que con la voz, pasaba con el hermoso cuerpo; también sus líneas se confundían bajo las aguas azulosas.

Sólo se veían, distintos, en los labios de coral, la sonrisa, el relámpago acariciador en los grandes ojos esmeralda.

VI

Fue en noche de luna cuando ocurrió la aparición.

Pedro llegó tarde de la ciudad, y sin detenerse en la aldea, hizo rumbo a su casa.

Absorto en sus imaginaciones, paso frente a la marisma.

Había llovido hasta el obscurecer. Vestía Pedro sobre los hombros el impermeable de capucha y sobre las piernas las altas y ajustadas botas de cuero. Ceñido el cuerpo por una guayabera azul y por una boina la cabeza, caminaba bajo los rayos de la luna que, al aparecer sobre el horizonte, puso en fuga a las nubes.

Luz de poesía y de misterio la del astro, daba mística palidez al semblante del mozo, ensoñadora vaguedad a sus ojos azules, matices áureos a los mechones de su pelo.

Dejó la marisma y entró en el encinar como en una selva encantada.

Cada encina era un árbol de plata, cada rama un joyel, cada hoja un colgante perlino. Polvo de marfil parecían, cernidos por las hojas, los rayos lunares; las sombras se transparentaban; por entre ellas se veía ir y venir fantasmas: eran arbustos balanceados por la brisa. Un ruiseñor trovó a su hembra, guardadora del nido.

> *Y fue por el encinar*
> *por donde pasó ligero*
> *a la infantina, a buscar*
> *el caballero.*
> *Quería, ser el primero*
> *en llegar.*

Así murmuró Pedro, recordando una vieja trova, leída en la biblioteca del maestro. Y así, imaginando ser el caballero buscador de la hermosa infantina, atravesó el bosque de leyendas y desembocó frente a los peñotes donde asentaba su casuca.

No fue a ella. Ni la luz que cabrilleaba en los vidrios, ni la voz de su madre, que dentro de la casa reía, llamaron su atención. Tomó por el acantilado y puso pies en los arranques de la peña alfombrada con musgos.

Desde su altura recorrió el panorama que enlucía el faro de la noche.

A sus espaldas, dibujándose entre los vapores de la ría, descubrió el ruinoso castillo, erguido bravamente en la atmósfera, retando aún por las bocas de sus almenas a la tierra y al mar. Junto al castillo la casa de los Téllez, vuelta acero por los reflejos de la luna, mostraba fieramente el muro donde campea el Morí; no cejé. Más arriba, la iglesia románica agujereaba el cielo con sus torres; servían de fondo a la resurrección medioeva, los Picos de Europa, las montañas en cuyas crestas, mejor que en Covadonga, debió empezar la Reconquista.

A la derecha de Pedro, las aguas limpias de la ría avanzaban con marcha dormilina, con suave y tranquilo rumor hasta tropezar con la barra y encresparse contra ella y abrirse en abrazos de espuma para entregarse al Océano.

A la derecha subía la montaña, esmaltada con el verdor de las praderías, con los topacios del maíz, con el plomo de las encinas y el bronce de los manzaneros. Frente a ella aparecía el mar, solitario, silencioso, como una cámara nupcial bajo el pabellón de los cielos a la luz del astro cadáver.

Pedro, dando vuelta al ángulo que describe la roca, buscó el sillón de piedra.

Recostada en él estaba la visión de sus ensoñares: la hija hermosa del mar.

Ella sólo podía ser la que se ofrecía a sus ojos, con la cabeza caída hacia atrás, la cabellera color de alga rastreando en la roca, y las verdes pupilas fijas como retándola a competencias de hermosura en la Diana de los poetas.

Tal como describen la hija del mar en la leyenda marinera era aquella mujer.

Su vestido blanco debió tejerse con espumas del oleaje; su piel, con nácar de las marinas caracolas; con partículas de igual nácar sus dientes, asomados a una sonrisa abierta sobre los corales de la boca. De alga reseca era el color de sus cabellos; robado al cóncavo de las olas en tempestad el color de sus ojos. Y luego, su voz, la canción que la voz entonaba suspirando las notas:

Ven a mis brazos,
ven, que te espero;
ven, marinero;
ven, pescador.
-¿Quién soy? -Preguntas.
-Soy el amor.

Así cantaba la mujer. Las palabras, acompañadas por la música de las olas, subían al espacio, y se perdían poco a poco con dulce y suave gradación.

-Es la hija del mar, la habitadora del palacio que defienden los monstruos -murmuró Pedro, avanzando hacia la mujer.

Al ruido de los pasos ésta se alzó, prorrumpiendo en un grito.

Pedro, al verla en pie, al abarcar de un solo golpe aquella prodigiosa hermosura, cerró los párpados, miedoso de cegar. Sin abrirlos permaneció, inmóvil, con las manos juntas, en súplica y en oración.

Cuando quiso mirar, la imagen había desaparecido.

A Pedro, no se le ocurrió volver sobre sus pasos y perseguir a la aparecida por el camino de la aldea, por el único que pudo seguir.

Corrió hacia el borde de la roca, registró el mar con la vista. En el fondo iba y venía un blanco luminoso.

Era un rayo de luna. A Pedro se le antojó un encaje de la túnica con que la hija del mar adornaba su cuerpo.

Por entre las aguas huyó la hija del mar. ¿Qué otro camino podía ser el suyo? A su palacio descendió; allí estaba, dormida, como perla que era, en el hueco de una concha tapizada con algas. Fuera del palacio rondaban los terribles monstruos guardianes.

VII

Supo al otro día el romántico montañés lo que no pudo saber antes por motivos de ausencia.

Durante su viaje a la ciudad arribó a la aldea de Laura. Don Urbano le dijo cómo había llegado y cómo vivía en el palacio de los Téllez, sin que nadie supiera a ciencia cierta quién fuese y qué razones la tenían como desterrada en aquel rincón de la costa.

-Por cierto -añadió don Urbano- que anoche, según doña Luisa, la señora vieja que la acompaña, se llevó doña Laura un susto mayúsculo.

Parece ser que estaba sentada en la roca de junto al langostero, cuando se le apareció un hombre haciendo tan extraños visajes y diciendo cosas tan extrañas, que tomó espanto y apretó a correr. Creyó habérselas con un loco. Por la cuenta, el loco has sido tú. En lo de hacer visajes y decir cosas estupendas no hay quien te aventaje en el mundo.

-Yo fui -contestó Pedro.

La hija del mar se desvanecía otra vez en la realidad; pero quedaba una hermosa mujer, toda misterios, y quedaba en Pedro la obligación de disculparse con ella por el sobresalto que la proporcionó.

Buscó ocasión de hacerlo y hubo de hallarla el día mismo, bajo los eucaliptos que embalsaman un monte próximo, a la aldea. Laura estaba allí, y allí condujeron a Pedro sus vagares.

Ya no era blanco el traje que llevaba la dama; azul era, de un azul sombrío, plomizo, semejante al del Océano en las calmas precursoras de tempestad; un sombrerillo de paja cubría su cabeza; por detrás de él trepaba ondulando la cabellera de algas. Había tomado asiento en un tronco roto por la centella y se entretenía en hacer rayas sobre el césped con el regatón de la sombrilla.

Gorra en mano, llegóse Pedro a saludarla.

-Perdone usted, señora -dijo-. A los objetos de merecer otro perdón obedece este que reclamo.

El lenguaje del mozo y su simpática figura llamaron la atención de Laura, quien, poniendo en él sus ojos verdes y sonriéndose afablemente, repuso:

-No merece perdón un saludo. Dígame por qué otra razón lo solicita.

-Yo, señora, soy el mentecato que anoche, cuando estaba usted en la roca de la hija del mar, tuve el mal gusto de asustarla.

-¡Usted!...

-Yo.

-La verdad es que surgió usted tan de repente, y fue tan rara su actitud, que le creí un aparecido.

-Una aparición fue usted para mí. Por eso mi actitud, mis palabras...

-¡Já, já! -contestó ella-. ¡Aparecida yo!... No pensé tener hechuras de espectro ni apariencias de santa.

-Pero tiene usted gran semejanza con la hija del mar, según la pinta la leyenda.

-¿La hija del mar? ¿Alguna tradición?

-Sí, señora.

A instancias de Laura repitió el mozo la leyenda. Parte por la leyenda misma, parte por el entusiasmo con que el mozo la refería, oyóla Laura con grave atención, en algunos pasajes con entusiasmo, como si viviera el cuento popular.

-¡Hermosa, muy hermosa leyenda! -dijo cuando ella terminó-. Ya quisieran muchos poetas haber imaginado una por el estilo. Pero, en fin -añadió-, fuera parte el sitio donde yo me encontraba, no creo tener semejanza alguna con esa hija del mar.

-Muchas tiene usted. Como los de ella son sus ojos, sus cabellos como los de ella son; estoy por decir que de una misma rama de corales se labraron los labios de ella y los de usted.

-Gracias por la lisonja. Sin duda es usted forastero.

-No, señora. Soy aldeano.

-¡Aldeano con esa figura y con ese lenguaje!...

-Aldeano; hijo de una pescadora aldeana. He tenido desde chicuelo afición a estudiar, ansias de ser algo que no soy, que, desgraciadamente, no seré nunca... Y ahora le repito que me perdone, y me retiro para no molestarla.

-¡Perdonarle!... No hay causa. El susto de anoche me proporciona el placer de su trato. Frecuente usted el mío; no abrigue temores; soy buena persona, incapaz de matar a nadie. Adiós, amigo, hasta cuando quiera.

¡Incapaz de matar!... Mal herido de amor salió Pedro de la entrevista. Y más fue la herida enconándose según que sus relaciones amistosas con Laura tomaron mayor intimidad.

Gustaba ella de hablar con Pedro por ser en la aldea único para seguir discretamente un diálogo y guardar a una señora aquellas atenciones que saben llegar al rendimiento, sin tocar en la servidumbre, y a la galantería, sin echar el respeto abajo.

¿Qué otro amigo podía encontrar en la aldea sino el mozo de ojos azules y de cabellos rubios? Simpático, instruido, un mucho soñador y unas miajas poeta, era solo en aquellos lugares para tratos de mujer educada y a las veces fantaseadora como él y como él dispuesta a viajar por países de ensueño.

No rebasaba, por esto los límites de la simpatía el afecto que hacia Pedro sentía Laura. Distraíale su conversación; agradábanle sus maneras y su porte; le interesaban el contrasentido existente entre su procedencia humilde y su continente señoril. Acaso llegó a sus oídos la historia del pintor, y la historia se lo hizo más simpático. Pero de ahí no pasaba.

En él sí; en él fue el afecto recorriendo todas las escalas amorosas hasta convertirse en delirio, en pasión desapoderada y frenética.

Lógico era que acaeciera así.

Aquella mujer hermosa, elegante, distinta a las que trató siempre, igual a las ensoñadas después de sus lecturas y románticas imaginaciones, había de cautivar su espíritu.

Después la forma misteriosa con que llegó a la aldea, el no saberse a punto fijo de dónde venía, quién era, ni qué razón la hizo a ella, gran dama, buscar o cárcel o retiro en un lugarejo montañés, servían de espolique a las ansias del joven.

Si no la hija del mar, la criatura habitante en palacio de nácar y de perlas, la matadora implacable de hombres, era Laura ser de misterio, resurrección plástica de las heroínas novelescas, aparición romántica surgida de noche, como por conjuro o encantamiento, en la morada de los Téllez.

¡Quién sabe si por castigo o por venganza de algún poderoso vino forzada a recluirse en aquella vivienda!... ¡Quién sabe si llorando amarguras paseaba los señoriales aposentos!... ¡Quién sabe si en ellos aguardaba la presencia de un libertador!...

Mil veces pensó esto y mil veces, pensando en esto, rondó a las altas horas el solar de los Téllez, puesta la mirada en el heráldico blasón y en el mote gallardo.

Ni con palabras, ni con actos, dio el mozo a la joven noticia de su enamoramiento. ¿Por qué ni para qué? El hijo de unos pescadores no tenía derecho a hablar de amor a una gran señora. Bastante hacía ella con otorgarle su amistad. En el alma de él quedaría para siempre el secreto.

Eso decía; pero el secreto guardado por los labios se le escapaba por los ojos. Laura lo conoció, y cuando los ojos azules del mozo se fijaban en ella adoradores, suplicantes, había en los ojos verdes de Laura un relámpago de piedad.

VIII

Bajo los rayos matutinos camina la barca. Tendida en uno de los bancos mira Laura el ir y venir de las gaviotas. Frente a ella hojea su anciana compañera un libro. Desde la roca alfombrada con musgos sigue Pedro el viaje de la embarcación.

Por la abertura de la tiendecita de campaña se ven todos los arreos de baño. El traje azul prusia, la graciosa cofia de goma, la sábana turca, la tina de agua dulce, la esponja, los peines y los frascos de aguas de olor.

-Buen día nos hace, Gaspar -dice al marinero la anciana,

-No es malo -responde éste-; mejor está arriba que abajo; un poco de mar de fondo hailo; al empezar que se empiece, la vaciante va a tirar de firme. Son ahora las mareas vivas Y esta ría tiene los demonios en la arena.

-¿Lo dices por la hija del mar? -pregunta Laura riendo a carcajadas.

-Lo digo al tanto de que cuando dice la marea ¡allá voy!, pocos nadadores saben sesgarla y llegar a la orilla; pocas lanchas, cuando viene dura la mar, pueden, por muchos que sean los hombres y por bien que remen, hacer a la marea contra.

-¡Bah! Exageraciones.

-Verdades, señorita.

-¿Quieres decir que debo suspender el baño?... Nado bien y, como miedosa, no lo soy.

-¡Tanto que no bañarse!... A la cuenta, yendo al remanso, por mucho que tire la marea, no hay cuidiao. Tal es el remanso que, en las marejadotas, lancha que entra en él, lancha salva. Más de una vez ha estao en él la mía como en una balsa, mientras tóa la mar era un hervidero de espumas. En el remanso pué usté bañarse sin temor; aluego tomamos al ras suyo, y la vaciante se queda con cuatro palmos de narices. Ahora, que no vale salise del remanso y dirse pa la roca de la hija del mar. Aquello es malo; nadador ha de ser quien con la vaciante escape de los sumideros

-Pues ya estamos en el remanso. Sólo falta cambiar de ropa y tirarse al agua. No tenga usted miedo, Lucía. Soy buena muchacha; no violaré la consigna.

Sonriente y gallarda metióse Laura en la tiendecilla, cerrándola tras ella.

¡Mañana hermosa del Agosto!... Como una ascua de oro resplandecía el sol. Desde los azules del cielo bajaba su luz en escala de rayos; tendida parecía a los anhelares de un místico. Suave era el aire; a sus impulsos se rizaban las ondas; el agua, de un verde purísimo, mostraba por sus cristales el fondo del Océano; los montes erguían junto a él sus bloques esmeralda. El barquero, sueltos los remos y caídos los brazos silabeaba una canción; la vieja señora leía. En la roca tapizada con musgos se dibujaba la silueta de Pedro.

Laura apareció sacando la cabeza por entre la lona que sus manos breves descorrían.

Riente la boca, atrevidos los ojos, encendida la tez y repretada, la gorrilla de goma contra el abundante cabello, era como fruto en sazón ofreciéndose a los picolazos, de un pájaro goloso.

Tras la cabeza surgió el cuerpo gentil, la maravillosa estatua de carne, mostrando por los remates del trajecillo azul la codiciable desnudez de brazos y piernas, de hombros y garganta. Todas aquellas desnudeces, levemente teñidas en rosa, se erizaban en granillos dorados al roce de la brisa.

En pie Laura sobre la borda, cimbreó graciosamente el cuerpo, se inclinó hacia el mar, anguló los brazos por encima de la cabeza, dejóse caer y partió las aguas, desapareciendo bajo ellas para reaparecer a los diez metros sacudiendo la cabellera de algas. Lentamente fue cortando las ondas. A poco rato se dejó caer pecho arriba en ellas, como en una cama nupcial. A medio abrir los ojos, a medio dibujar la sonrisa, en cruz los brazos, el pecho tremante, era la esposa aguardando al amado.

El barquero dormía en proa, haciendo de las manos cojín; la dama leía con profunda atención; por junto al remanso gruñía la marea.

Sin que los de la lancha pudieran advertirlo, sin intervención voluntaria, por manso empuje de las ondas, Laura, distraída en sus ensueños, cayó en la vaciante.

Cuando los de la lancha quisieron avisar, ya Laura, absorbida por el reflujo, era arrastrada hacia las rocas.

Allí todo el mar es violencia, todo furioso encrespamiento, todo puntas rocáceas prontas a apuñalar. Quien da allí se aproxima a la muerte.

Allí se iba acercando Laura sin que el remero, temeroso de estrellar su barca en las peñas y de sucumbir él, se atreviera a ir en su socorro, sin que los gritos de la anciana sirviesen más que a poner espanto en el corazón de la nadadora.

En vano ésta braceaba para ir sesgando la corriente y volver al remanso. Eran muy débiles sus hermosos brazos de mujer para reñir con el Océano y alcanzar la victoria.

Y llegaron el tironazo decisivo y el esfuerzo postrero. La hermosa mujer fue vencida. Arrastrada por la corriente penetró en el ancho circo de rocas, en el trágico abismo, en los dominios asesinos de la hija del Océano.

Pedro, que vio llegar a Laura envuelta por las olas, no dudó. Despojándose de aquellas prendas que podían estorbar sus acciones, saltó desde la roca y, peleando a brazazo limpio con el mar, haciendo cara a la corriente, llegó donde Laura, vencida, sin defensa posible, giraba y regiraba entre remolinos siniestros.

-¡Ánimo! -gritó Pedro-. ¡Aquí estoy yo!... Quédese quieta y no me estorbe.

Agarró por el sobaco a Laura, y con un solo brazo libre, alto el pecho, arrogantes los ojos, presentó batalla a la mar.

Fue homérica la lucha. El mar defendía su presa; el hombre peleaba por arrancársela, cuerpo a cuerpo, de poder a poder.

Tan pronto desaparecía con Laura bajo un monte de espuma como reaparecía por un boquete rugidor o topaba con las garras pétreas de un peñón pronto a destrozarles. Aquí les golpeaba una ola, allí otra los tapaba, otra más lejos los alzaba en el aire para dejarles caer en concavidades sin fin.

Y tras la ola con su pelea franca, el remolino con su traicionero pelear, la espiral de la hoya cogiéndolos de pronto, uniéndose a ellos para tirar de ellos e irlos tragando poco a poco, línea a línea, hasta no dejar rastro.

Fue bárbara la pelea entre el hombre y el Océano. El hombre triunfó.

Con decisivo brazazo de titán ganó Pedro un remanso y llegó con Laura hasta la playa de guijarros. En ella quedó Laura tendida.

Su cabeza se apoyaba en una rodilla de Pedro. Este, pálido, chorreante de agua, de sangre y de sudor, sonreía con sonrisa triunfal; su mirar todo amores caía como un beso de luz sobre el rostro de la desmayada mujer.

IX

Debedora a Pedro de la vida, Laura quiso premiarle, concediéndole más amistosa intimidad, haciéndole compañero de sus excursiones, sentándolo a su mesa, pagándole con afecto sincero la deuda que contrajo con él.

Conocía al joven de sobra para tratar de pagarle con presentes más o menos valiosos. Uno le hizo en recuerdo material de su hazaña. Él lo cogió temblando; más pálido estaba al recibirlo que cuando la salvó.

Era un retrato aquel recuerdo.

En él aparecía Laura vistiendo vaporosa túnica griega que descendía hasta sus pies desde el arranque de los desnudos hombros; un artístico ceñidor sujetaba contra la cintura la tela. Suelto el pelo, coronada de llores erguíase la divina cabeza; sobre ella se elevaban los brazos, desnudos, sosteniendo una guirnalda con rosas en capullo tejida; rosas adornaban su pecho; de rosas eran los brazaletes que rodeaban sus muñecas.

En el fondo de la fotografía se abocetaba el altar de Venus. La diosa del Amor dormía en su concha de nácar.

Al pie del retrato puso Laura esta dedicatoria:

«A su salvador. La hija del mar.»

¡La hija del mar!... Abrazado a ella salió Pedro de entre las olas. La salvó de la muerte abrazándola y muerte fue el abrazo para él, muerte de amor.

Amarla era irrevocable destino, condena perpetua de Pedro. Amarla, guardando ahora más que nunca el triste secreto de su amor. Decirlo antes fuera atrevimiento no más; decirlo ahora fuera como presentar un recibo usurario, como pretender cobrar con réditos el precio de la existencia que salvó.

Nada, por consiguiente, dijo; hasta procuró alejarse de Laura esquivando sus invitaciones, procurando no encontrarse con ella; huyéndola en apariencia para seguirla ocultamente y poseerla con los ojos y llamarla suya con los labios cerrados y el alma de par en par abierta.

Ella vio aquel amor, ella penetró la grandeza de aquel amor; ella supo, sin que el joven hablara, que por un minuto de amor correspondido diera el joven todos los minutos que le restaban a vivir.

Lo supo, lo sabía.

Al repetirse mentalmente que lo sabía, las pupilas esmeralda de Laura se clavaban en el espacio como un interrogante.

X

-¿No comprende usted que es locura?

-Lo será; pero no hay razón que me quite de realizarla.

-¿Acaso le ama usted?

-¡Amarle!... Bien sabe usted, Lucía, que mi amor sólo a uno pertenece.

-Entonces...

-No olvide que soy artista y que soy mujer. A la mujer la enorgullece ser tan noblemente querida. Quien satisface nuestro orgullo, cerca de poseernos anda. A la artista... Todo en él predispone a la simpatía de una artista. Es bello y de alma ensoñadora... Los ensoñadores se encuentran. Él me ha dicho que soy para sus sueños trasunto de esa hija del mar habitadora de la roca. Acaso desde la noche en que me aparecí a sus ojos en el asiento poético de musgo, no trasunto, la propia hija del mar vengo siendo para él. ¿Por qué no realizar el ensueño de ese hombre? Una sola noche de amor concede la hija del mar a sus queredores. Luego...

-La muerte.

-Acaso. Pero una noche de amor, ¿no puede valer toda una vida? Llámeme usted loca, si quiere. Él necesita esa noche de amor. Yo se la daré.

-¿Para qué?

-Para dársela. Para pagar mi deuda.

-¿Y si la contrae más grande aún?

-¡Bah!... No se muere de un gran amor perdido. De él y para él se vive. Años hace que yo estoy viviendo de un amor que perdí.

-¡Loca, más que local Una noche de amor; ¿y después?

-¡Después!...

-Pedro -dijo Laura, inclinándose al oído del joven-, a media noche esté usted en la roca de la hija del mar.

-Laura...

-No pregunte. Irá usted.

-Iré.

Noche sin luna fue, esclarecida por los astros temblantes en la atmósfera. En el tranquilo mar apenas se movían las olas; cuchicheo amoroso era su romper en la playa.

Sonaban las doce cuando el joven llegó al ancho asiento natural que construye la roca.

Medio tendida en él encontrábase Laura.

Un vestido azul pálido ceñía las líneas de su cuerpo; la cabellera de algas descendía sobre su nuca; tres vueltas de corales contorneaban su garganta; dos perlas negras traía por pendientes, por adorno de sus cabellos ancha peineta de carey; sus ojos verdes estaban puestos en el mar; su boca sonreía al silencio.

-Laura...

-No hay que pronunciar ese, nombre; no es hora esta de realidades. Media noche de ensueños es. Ensoñemos juntos. Yo soy la hija del mar. Tú el amante que, por amor de la hija del mar, desafía a la muerte. ¿Verdad que tú me amas así? ¿Verdad que me darías la existencia por un abrazo mío? Desde la noche que me viste lo solicitas con los ojos. Pidiéndolo con el temblor de tus dedos sobre la piel, me salvaste la vida. Media noche es de ensueños. Vamos a soñar juntos.

Y fue allí, bajo el cielo estrellado, sobre la roca tapizada con musgos, alcahueteada por las olas y por la brisa, donde la leyenda se convirtió en realidad; donde la hija del mar ciñó con sus brazos al hijo de los hombres; donde la poética entrega se hizo carne de amor.

Parpadeantes las estrellas, temblorosas de envidia contemplaron la nupcia; el Océano la cantó; la brisa recogió, para transportarlo a los pies de Venus, el aliento de los amadores; besos y voces de ellos subían como incienso al espacio; los crujires sordos de las rocas eran suspiros de placer; hasta el lecho de musgo llegaban los gorjeos con que en el encinar trovaba el ruiseñor a su hembra, guardadora del nido.

-Has de irte el primero. Es mi gusto. La leyenda debe, seguir hasta que la aurora nos traiga la realidad. Jura que no harás por seguirme, por mirarme partir. Es preciso que lo jures y lo hagas.

-Te lo juro, y lo haré.

-Adiós.

-Adiós ahora. ¿Y mañana?...

-¡Mañana!... Cuando quieras ve mañana al solar de los Téllez.

- XII -

Más temprano que de costumbre fue Pedro a casa de los Téllez, mordisqueándose los labios para saborear los besos que Laura puso en ellos. Repetidos iban a ser, junto a las ojivas esbeltas, bajo las cuales triunfaba la corona ducal y campeaba el mote fanfarrón.

Realidad se hizo en la media noche la leyenda, de la hija del mar, sobre el amplísimo sillón tapizado con musgos; real iba a hacerse la otra leyenda, la de la castellana hermosa y el pasajero trovador, en aquellas estancias donde flotaba la sombra de diez siglos.

Laura, su Laura, porque ya era suya, porque suya sería siempre, le aguardaría en el camarín gótico, medio tendida sobre los paños árabes, traídos por un Téllez de la conquista de Granada.

Acaso no estaría allí; acaso, impaciente por verle, le esperaría en la antecámara, entre las férreas armaduras, y las armas lucientes, y los tapices rapiñados en Breda por otro Téllez, compañero de Spínola.

Dobló Pedro la esquina y desembocó frente al palacio plateresco.

Cerradas halló sus ventanas y puertas. No era esta la costumbre. ¿Qué podía ocurrir para tan absurdo retardo?

La mano temblorosa de Pedro se aferró al aldabón de bronce, cuando otra mano le detuvo.

Pertenecía ella a don Urbano.

-No llames -dijo el comerciante-. Es inútil. El pájaro voló.

-¿Qué?...

-Fuese como vino. Sin que ninguno lo pensara. Peor aún que vino se fue. Llegar la vimos malamente. Marchar no hubo quienes la vieran. Ni que fuesen personajes de fantasía.

-Pero ¿qué dice usted?... ¡Explíquese, por Dios!...

-Pues, hijo, que esta madrugada, sobre las tres y media, oyeron, los que lo oyeron, o los que dicen que lo oyeron, ¡vete a averiguar!, el ¡taf! ¡taf! de los automóviles. Que el mayordomo, o lo que sea, ha dejado en la fonda una carta con las llaves de la finca para el propietario, y que todos se han hecho noche, sin decir «pásenlo ustedes bien». Del mal en menos que no dejaron picos a pagar. De la casa, aún les sobre un mes: de un billete que en el almacén me entregaron para cobrarme de una cuenta, treinta y ocho pesetas con seis céntimos.

-Pero ¿habla usted de veras?

-¡Ta, ta, ta!... Como te lo digo. ¡Volaverunt!... Pa mí que no eran cosa de este mundo.

Recostado, contra la pared, clavándose las uñas en las palmas nerviosas de las manos, oía Pedro al comerciante.

-Sombras eran -gruñó éste.

-¡Sombras!... -repitió Pedro-. ¡Sombras! ¿Dónde hallarlas?...

-¡Sí es buena comisión! ¿Dónde encontrar seres del otro mundo? Habría que buscarlos allí.

-Cierto -murmuró el joven.

Y añadió, separándose de don Urbano:

-Si ese es su mundo, no tardaré mucho en encontrarla.

Dejó llegar la media noche.

Noche era también estrellada, de mar tranquilo, de aire suave, de poética soledad.

Pedro abandonó cautelosamente su casuca y echó a andar, con los pies descalzos, por la roca tapizada con musgos.

Llegó frente al sillón de piedra y tomó asiento en él, recorriéndolo con las manos, tanteando con sus dedos los sitios ocupados por ella en la media noche anterior. Los dedos se crispaban dolorosamente en el reborde donde apoyó su nuca, en el hoyo donde descansaron sus hombros, en la entrante donde ondularon sus caderas. En esta saliente del musgo apoyó su cabeza; por esa arista se destrenzaron sus cabellos...

Todo fue allí, y ya nada era; nada podría nunca ser.

Mujer de leyenda, criatura real, hija del mar o de los hombres, Laura desaparecía para siempre. Poco importaba que desapareciese bajo las olas o que se perdiera en el mundo.

Lo cierto es que ya no volvería. Abrazo asesino fue el suyo. Corno el de la hija del mar, traía la muerte aparejada. Gozado una vez o gozarlo siempre o morir. Ser arrastrado al fondo de las aguas o al abismo de la separación; ¿qué más daba? Peores monstruos que los pulpos gigantes y las formidables arañotas eran desengaño y ausencia. Aquéllos sorben la sangre y pulverizan los huesos; éstos machacan la esperanza y tragan la dicha. Muerte por muerte, es más generosa la que brinda la hija del mar.

Pedro no vaciló. Tranquilo, sonriente, murmurando el nombre de Laura, llegó a la punta de, la roca y se dejó caer silencioso, sin un gesto, sin una voz.

Pero si no su voz, otra voz vibró en el aire con angustia:

-¡Pedro!... ¿Qué haces?... ¡Pedro! -gritaba aquella voz.

-Era la madre. Oyó salir a su hijo, y temerosa, por presentimiento invencible, le siguió, le observó, le vio cuando se lanzaba al Océano, con cruzamiento suicida de brazos.

-¡Adiós, madre!...¡Adiós! -dijo Pedro.

-¡Adiós, no!... -respondió la mujer-. ¿Quieres irte solo?... ¡No te irás!... Soy buena nadadora, Pedro. ¡O te salvo o me voy contigo!...

-Yo -dijo el viejo maestro de la escuela aldeana- podía morir; pero no podía dejar que mi buena madre muriese. Porque ella no muriera, viví.

-Ahí tiene usted mi historia -añadió-. Ese es mi idilio; el idilio de aquel Pedrín, hoy maestro de escuela, humilde enseñador de marinerillos rebeldes. Nada queda de entonces. Digo mal. Queda esto.

Sus manos temblorosas abrieron un cajón del armario, y pusieron frente a mis ojos el retrato de una mujer coronada de flores, enjoyecida con perlas y corales.

-Ésta es la hija del mar -murmuró con voz dulce el anciano.

Aún hubo en sus ojos un rayo de pasión; aún cayeron sus miradas sobre el retrato, como un beso de luz...